Für die Liebende

Meiner Mutter Renate R. Müller in Liebe gewidmet.

Mein Dank gilt Robert Winkler und Glenneroo, den diskreten und großzügigen Urhebern einiger Fotografien in diesem Band.

Ich danke Stephan Grau für seine Unterstützung und allen, die im Lauf der letzten Jahre an dieses Projekt geglaubt haben. Danke!

Danke auch an Doris Swoboda für die gute Zusammenarbeit.

Marla Amara

liebend

Autorin: Marla Amara

Layoutgestaltung: Doris Swoboda
Fotos und Illustrationen: Marla Amara
Lektorat: Stina Stani
Endlektorin: Angela Swoboda

Verlag: myMorawa Dataform Media GmbH, Wien
www.mymorawa.com
ISBN Paperback: 978-3-99129-421-4
ISBN Hardcover: 978-3-99129-523-5

PRINTED IN AUSTRIA

Inhaltsverzeichnis

MISTER G
ein Drama
in 3 Akten

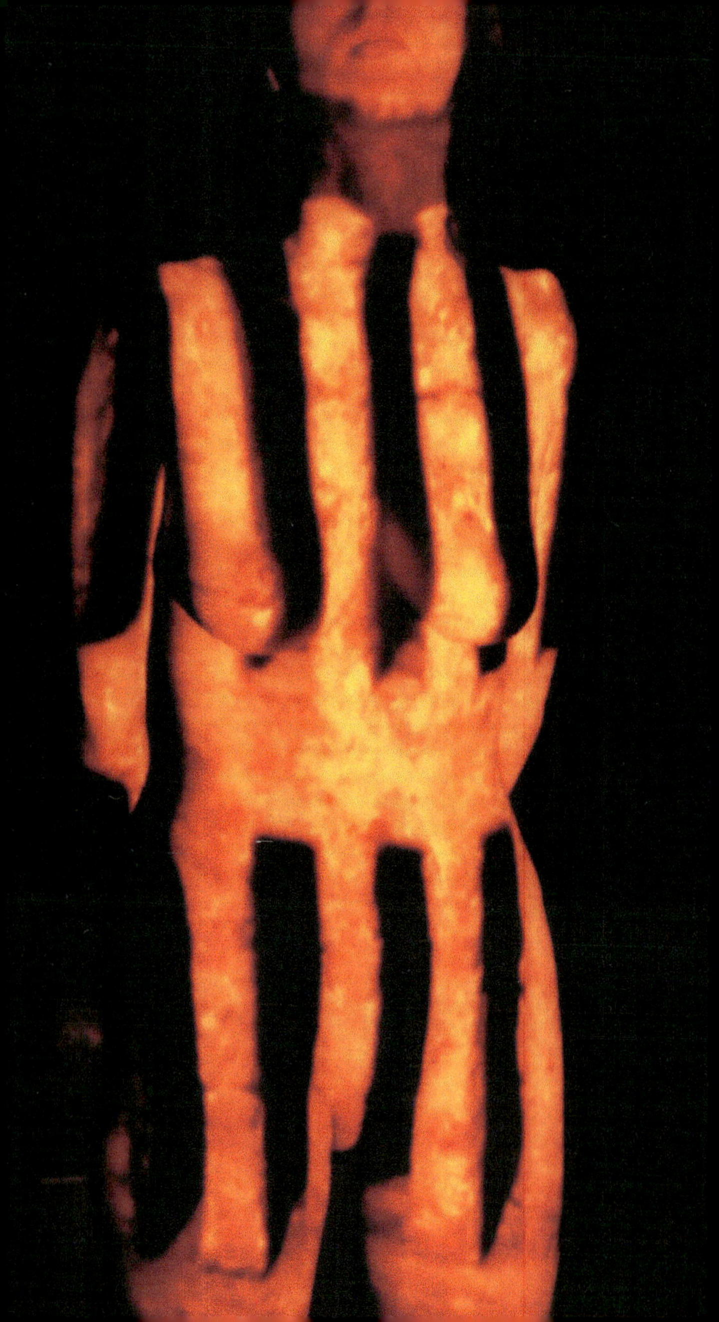

Musik war immer schon sehr wichtig für mich, und so war es kein Wunder, dass ich dieses Lokal fand und später dort auch dich. Da saß ich damals einfach gern und oft. Meist an der Bar von Kerzenlichtern und Frucade umgeben, mit meiner Lieblingsmusik am Schweben.

Irgendwann traf ich dann völlig unerwartet, von der letzten Nacht noch am Leben, überdreht und mal wieder süchtig nach Schweben, auf dich. Du, der Gier nach Musik ähnlich schlimm erlegen wie ich, suchtest sogleich ein Lied für mich.

Von da an bewarfen wir uns regelmäßig mit Musik in Bildern und ließen dabei die Gedanken übers Leben wildern. Ich hab wieder ein Lied.
Nein, ich.
Ok.

„*Not an Addict**" wollte ich damals hören, ich weiß es noch genau, du hattest es an diesem Abend nicht. Beim nächsten Erscheinen spielte es schon für mich und das blieb dann fortan so jedes Mal, wenn ich das Lokal betrat. Dass genau diese Nummer damit auch irgendwie zu unserem Lied wurde, ist bei genauerer Betrachtung schon fast zynisch. Denn wir waren süchtig, süchtig nach Leben und Emotion, aber mit 16 und Anfang 20 darf das wohl so sein.

*K's choice, „Not an addict", Album „Paradise in me" 1995

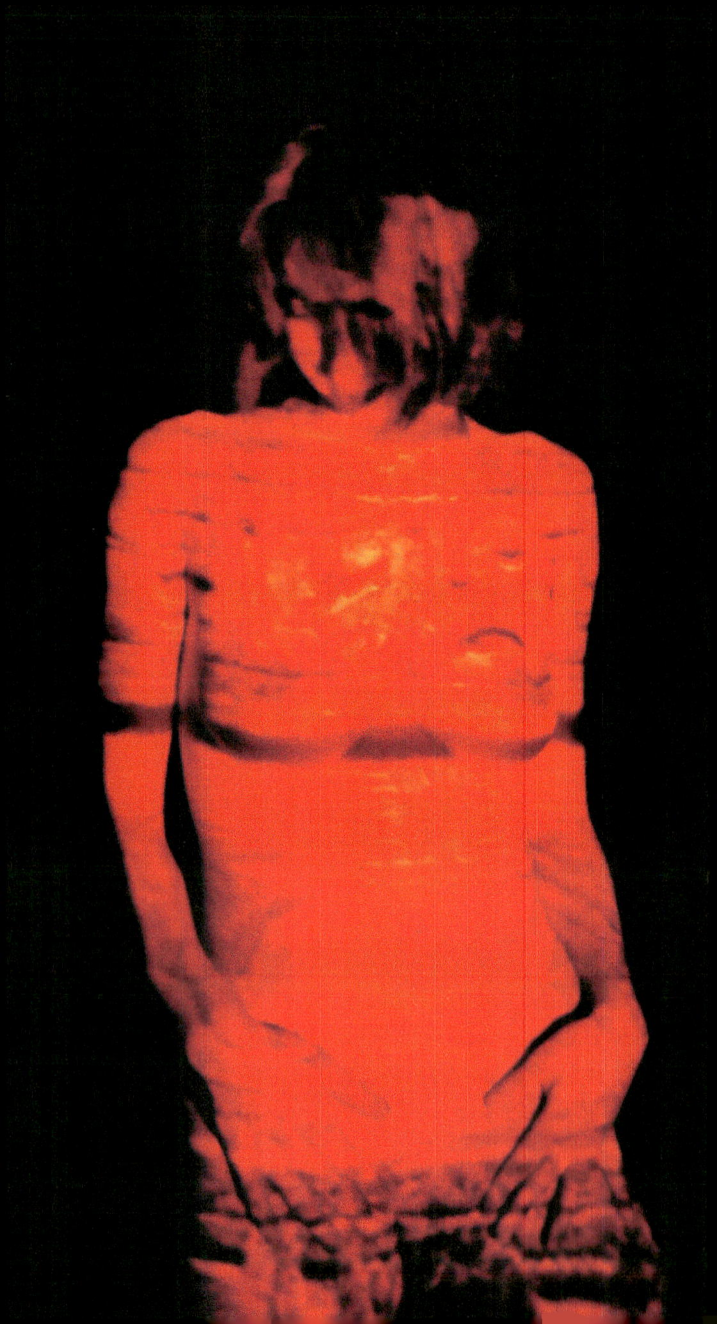

Es dauerte nicht lang, und wir arbeiteten gemeinsam. Ich die Musik und du die Getränke, oder umgekehrt. Je nachdem, wer von uns noch in der Lage war. Wir hatten immer gemeinsam Dienst und waren in jeder Lebenslage immer ein super Team. Es brauchte oft nicht viele Worte. Ich fühlte dich und du mich.

Die Nächte wurden länger und das erhöhte auch unseren Drogenkonsum. Ganz schleichend nebenbei wurde aus der Frucade flaschenweise Vodka/Redbull und aus der Zigarette ein Joint. Wir saßen oft einfach noch stundenlang da, wenn das Lokal eigentlich schon lang geschlossen war, und hörten Musik und schliefen dann meist irgendwann auf dem mehr als zweifelhaftem Sofa hinten an der Wand ein.

Genauso war es auch an diesem Silvester, der erste „*Magic Moment*", der das Wort Liebe mit einer Bedeutung in meinem Leben verband.
Du hattest Dienst, warst todkrank und vollgepumpt mit Medikamenten, was dich aber nicht vom Alkohol abhielt. Irgendwann kam die Ablöse für dich und wir kauerten uns in ein Eck, wir bildeten eine Insel der Seligen inmitten lauter verrückter Party-People. Wir verharrten in dieser Position den ganzen restlichen Abend, wir rauchten und tran-

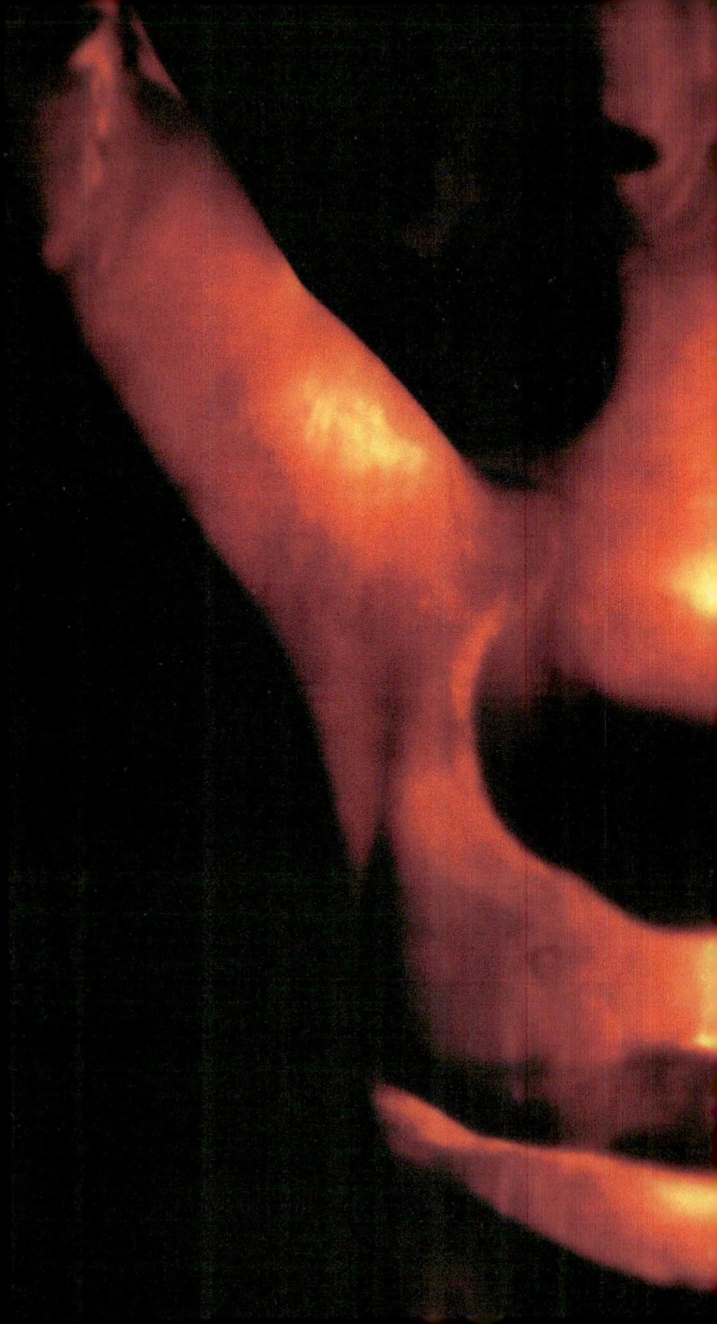

ken nichts und jedes Wort war überflüssig. Unsere gegenseitige Nähe deckte alle sonst fast schon so zwanghaften Bedürfnisse ab. Wir atmeten im gleichen Rhythmus. Unsere Seelen verschmolzen und die Welt herum versank. Das Partyvolk verschwand und wir waren noch immer da, am gleichen Platz. Der Tag begann erneut und die Realität brach herein auf das versiffte, halb kaputte, schwarze Ledersofa, durchwalkt von tausenden Exzessen vieler Generationen vor mir. Ich wachte auf und verschwand.

Mein 20. Geburtstag wurde so wie alle anderen Festlichkeiten zu der Zeit in meinem Stammlokal gefeiert. Alle Freunde und jene, die sich selbst so bezeichneten, waren da. Wie immer nach besonders langen Nächten zu der Zeit blieben du und ich übrig. Unser Abend endete noch lange nicht, nein, er hatte erst begonnen. Wir plauderten und tranken einfach weiter. Irgendwann sperrten wir das Lokal wieder auf und die Hütte füllte sich wie jeden Samstagabend. Wir feierten weiter und leuchteten innerlich um die Wette. Das Lokal leerte sich abermals und wir blieben wieder übrig. Genau hier passierte es, als wir wieder plauderten, gingen unsere Seelen eine Gemeinschaft ein.

Wir küssten uns! Versteht mich nicht falsch, auch

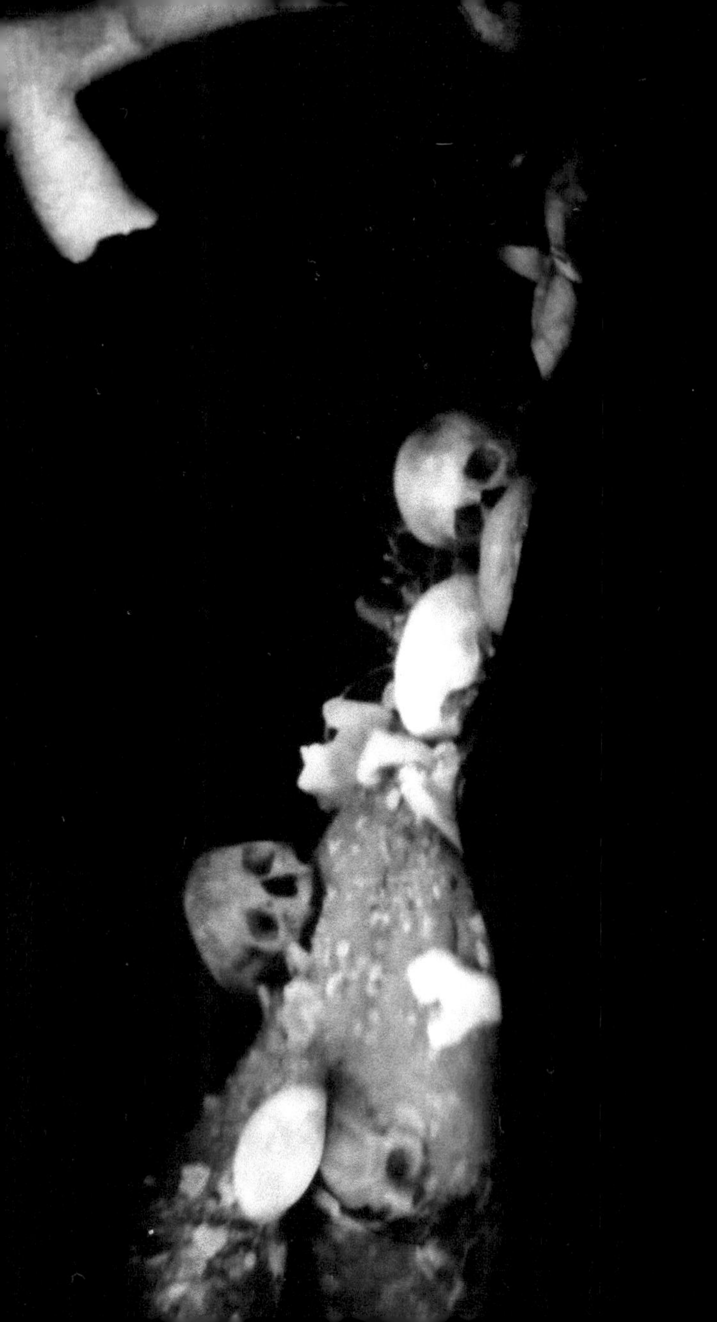

ich war zu diesem Zeitpunkt nicht mehr jungfräulich besaitet, aber dieses Mal war es anders. Es war wie hundert Vulkane, die ausbrechen, während man pudelnackt durch den strömenden Regen läuft. Einfach ein Feuerwerk der Emotion, gepaart mit unglaublicher NÄHE und Zuneigung, welche sich jahrelang zwischen uns aufgebaut hatte und nun entladen wurde. Von da an versuchten wir uns an einer Beziehung. Wir liebten und hassten uns zur gleichen Zeit.

90% unserer gemeinsamen Zeit verbrachten wir im Vollrausch und die restlichen Prozente, um wieder runterzukommen. Jedes Mal holte uns die Realität wieder ein, und die rosarote Kaugummiblase wich dem Bild des Junkies, vollgepumpt mit Ängsten und Sehnsüchten.

Ich, auf der Suche und gleichzeitig auf der Flucht vor mir selbst, genauso voll gepumpt mit Ängsten und Sehnsüchten und du mein fortwährender Spiegel. Wir trafen uns im Drogenrausch wieder. Da waren wir so, wie wir sein wollten, die Welt war so, wie wir sie sehen wollten. Wir verkannten die ganze Zeit, wie NAH wir der Wahrheit eigentlich schon waren. Wir liebten und lebten, als gäbe es keinen Morgen, und oft schaute es danach aus, als gäbe es dies auch wirklich nicht mehr, aber auch

dies bemerkten wir nicht. So bemerkten wir auch nicht, dass sich die Wahrheit in Verfremdung flüchtete und die Welt nicht mehr still stand, sondern uns davon lief. Wir prallten beide an der Realität ab und gaben uns gegenseitig die Schuld an der bereits zerplatzten Seifenblase. Es kam wie es kommen musste, wir trennten uns unter großen Schmerzen. Wir fanden uns wieder und wir trennten uns wieder unter großen Schmerzen. Dieses Spiel von zwei Meistern gespielt endet meist, so

auch bei uns, in der kompletten Selbstzerstörung. Wir waren süchtig. Wir konnten nicht mehr ohne den anderen existieren.
Wir stillten unseren Lebenshunger aneinander, saugten uns aus, unfähig das vermeintlich Perfekte zu sehen und zu nehmen. Es endete irgendwann doch und die unvermeidbare Lebenskrise folgte. Wenn in dieser Welt nicht einmal die *„wahre Liebe“* Bestand hat, woran soll man dann noch glauben. Es riss mir den Boden unter den Füßen

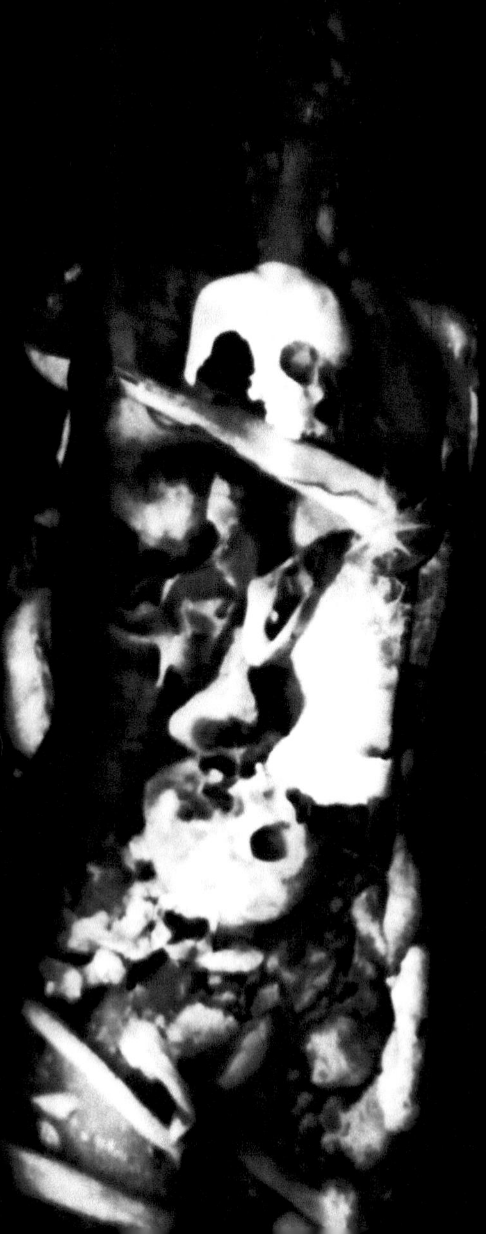

weg. Wollte nicht mehr sein ohne Dich.
Du und die Drogen hatten schon soviel Macht über mein Leben. Heroin und Koks hatten mich verändert, nicht nur dich.
Doch der Tod wollte mich auch nicht. Hab hier anscheinend doch noch was zu erfüllen, und der Schmerz schien erstmalig auch mein Herz zu enthüllen. Ich machte einen kalten Entzug von DIR, den Drogen, und auch dem Leben.
Ja, auch vom Leben, dem hatte ich zu dem Zeitpunkt nur noch ein mageres, geschundenes Skelett zu geben. Jeder Tag eine sinnlose Qual, schaffe ich mir wieder ein Licht. Das Blut ist geleckt und die Türe dank dir und den Drogen sperrangelweit offen, gehe ich hindurch und erkenne mal mich. Ja, vieles davon war wirklich widerlich. Doch ohne all dem mit dir nicht möglich.

Es vergehen Jahre, bis wir uns wiedersehen, bin dir ausgewichen und hab jeden Kontakt vermieden. Doch du findest mich. Blutend, vor Schmerzen mich krümmend am Boden liegen. Hatte mich grad mal wieder schiach ausgespuckt, das Lieben. Du überraschst mich mit einem Adventskalender und Sheba für die Katz,
doch du hast nicht mehr denselben Platz.
Du gestehst mir deine fortwährende Liebe,
Ich schiebe es auf die Drogen und die Triebe.

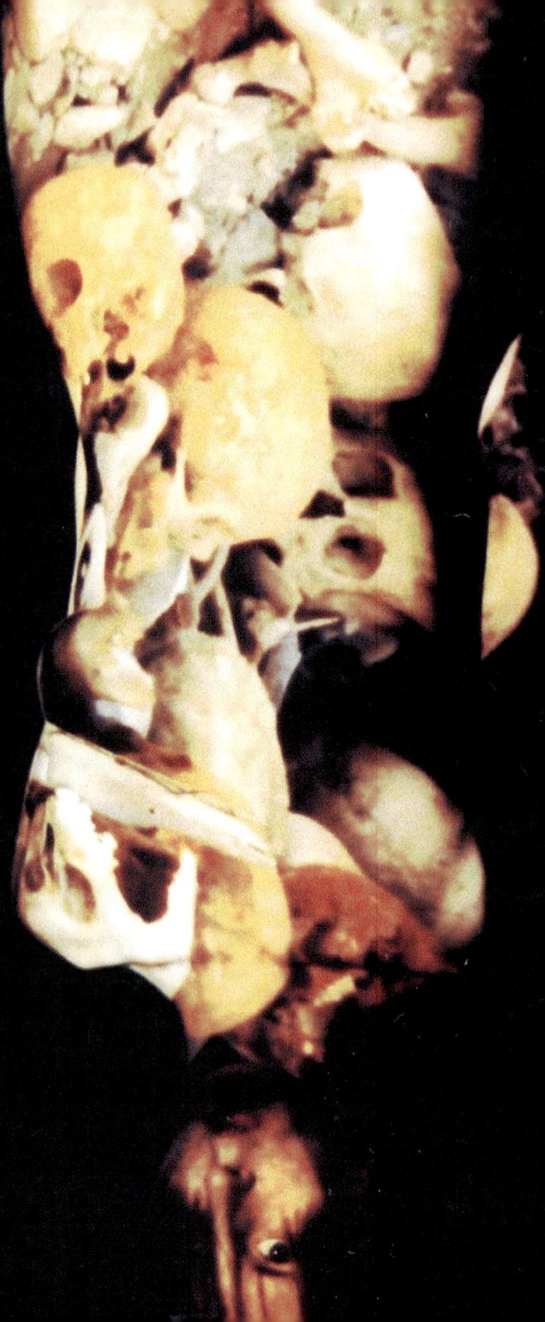

Ich bin weitergegangen, du nicht.
Verzeih so kann ich das nicht.
Ich spüre den Tod rund um dich.
Du verstehst mich nicht
und ein weiteres Wiedersehen gibt es nicht.
Du versuchst mich zu kontaktieren.
Ich bitte dich, es zu unterlassen.
Wahrscheinlich deswegen will ich die nächste
Nachricht nicht fassen.

Du bist gestorben.
Allein.
Erhängt und gefunden am Morgen.
Und dabei gäbe es so viel, was ich auch sagen hätte können… Ich hätte auch sagen können, dass ich ohne dich in meinem Leben vermutlich ein ganz anderer Mensch geworden wäre. Ich hätte von den tausend Türen sprechen können, die sich dank dir in meinem Leben geöffnet haben. Vielleicht hätte ich aber auch nur sagen sollen, wie sehr ich dich geliebt habe, und dass ich dich deswegen heute nicht mehr in meinem Leben (er)trage.

Nicht mehr ertrage, dir beim Selbstmord auf Raten zuzusehen, Nicht mehr ertrage, mich so machtlos und schwach zu fühlen, und es mir unmöglich ist, neben dir nüchtern zu bestehen.

Doch nichts davon, was ich nun schreibe, wird dich erreichen, denn du hast dich entschieden, zu gehen und dieses Leben nicht mehr zu bestehen. Hätte ich das ALLES gesagt und nicht nur einen Teil davon, vielleicht wäre deine Welt ein bisschen weniger verlogen und du hättest dich nicht ums Leben betrogen.

Ich weiß es nicht und du nun leider auch nicht, wie viel du mir warst und bist, denn *„du und ich"* jetzt nur noch in meinem Leben gespeichert ist.

Ich kann deine Verzweiflung so gut verstehen, auch ich wollte ohne dich hier nicht weiter bestehen, damals als der Rausch ein Ende nahm und wir beide nur noch im Wahn.

Ich hatte Glück und damals meine Mutter noch, und so blieb ich am Leben. Warum nur hat es für dich diesen Menschen nicht gegeben, warum bist du nicht mehr am Leben?
Dein Herz und MEINS waren so lange EINS und nein, es waren nicht nur die DROGEN, da habe ich dir und MIR ins Gesicht gelogen. Verzeih, um diese Wahrheit habe ich UNS beide betrogen.

Ich weiß auch, wir treffen uns wieder, und bis dahin behält die Ewigkeit all unsere Lieder!
Die Geschichten bleiben bestehen, nur die Träume

warten auf ein Wiedersehen. Und ich hoffe, egal wo du gerade bist, bereust du zumindest ein bisschen, den Weg den du gegangen bist, denn hier wirst du auf jeden Fall sehr vermisst!

Don't stop dancing!

2.

LIEBE
nicht Sache
der Gene ist

Liebe nicht Sache der Gene ist,
sonst gäb es mich vielleicht so nicht.
Als ich kam in dein Leben, hattest du bereits 3
Kindern das Leben geschenkt,
und trotzdem hatte mich das Schicksal
zu dir gelenkt.

Von da an war ich dein Mädchen,
und nicht nur ein weiteres Rädchen.
Ich war gewohnt dem Leben zu misstrauen
und ganz viele Schutzschilde zu bauen.

Doch mit ganz viel Liebe und Geduld gewannst du
mein Vertrauen zurück. Doch irgendwann kam die
Scheidung. Du erkanntest nur noch meinen Vater
und nicht mich. Und jedes Verständnis wich.
Ich zog von einer Beziehung zur nächsten.
Du verlorst deinen Job und hattest auf einmal Zeit,
mich zu kontrollieren. Es gab nur noch Streit, war
ich es doch gewöhnt, allein verantwortlich zu sein.

Ich widersetzte mich jeder Regel,
und du benutztest jeden Hebel,
meiner wieder Herr zu werden,
und dies stürzte unsere Beziehung
nur weiter ins Verderben.
Ich brach aus.
Suchte mir in meinen Beziehungen
und deren Familien ein neues Haus.

Wechselte Schule und suchte mir einen Job.
Denn zu Hause war es nur noch grob. Du ließt mich nicht gehen, so war ich in deinen Augen noch Kind und für die Gefahren des Lebens einfach blind. Ich dachte nur, du verstehst mich nicht und oben drauf kennst du mich nicht. Diesem Kampf blieben wir erlegen, bis es essenziell war, dass du mir hattest etwas zu geben.

Ich nahm schon lang Drogen und hatte dich diesbezüglich auch schon oft angelogen.

Doch hielt ich mich immer fern von den harten Sachen, nur zu gut wusste ich, was die mit einem machen. Mit 20 verhielt sich die Sache anders.
Auf der Suche nach dem Lebenssinn, erinnerte ich mich an mein selbst gegebenes Versprechen,
das Leben zu inhalieren bis zum Erbrechen.
Ich nahm Heroin und erkannte dadurch auf einmal einen ganz anderen Sinn.

Es zerstörte mein unbrechbares Ego und meinen Körper und so wollte ich aus dem Leben scheiden ohne weitere Wörter. Ich fand mich wieder auf der Krankenhausstation. Und da warst du schon, besorgt, bestürzt und verwirrt. Hast du dich wirklich so geirrt.

Du verurteiltest mich nicht, nur verstehen

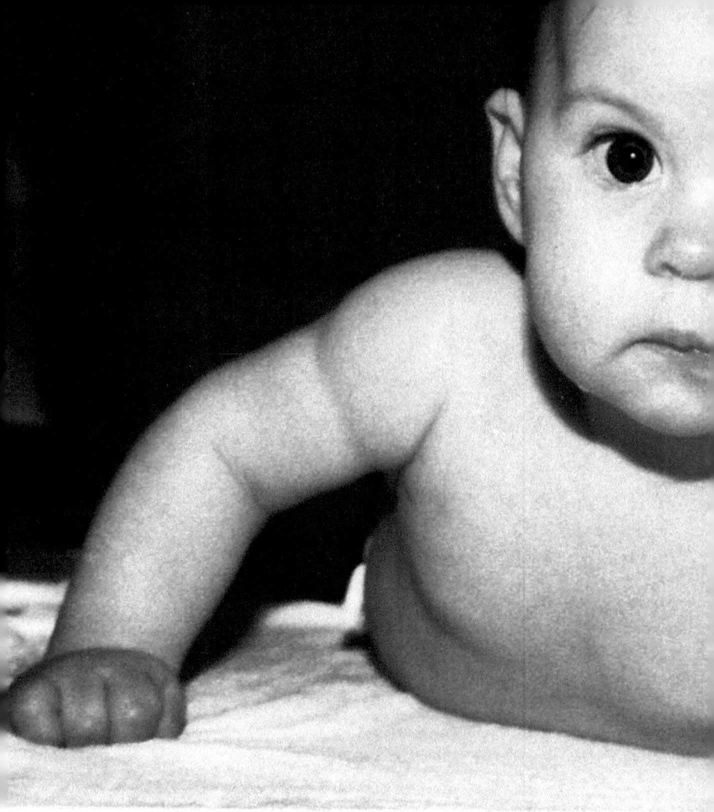

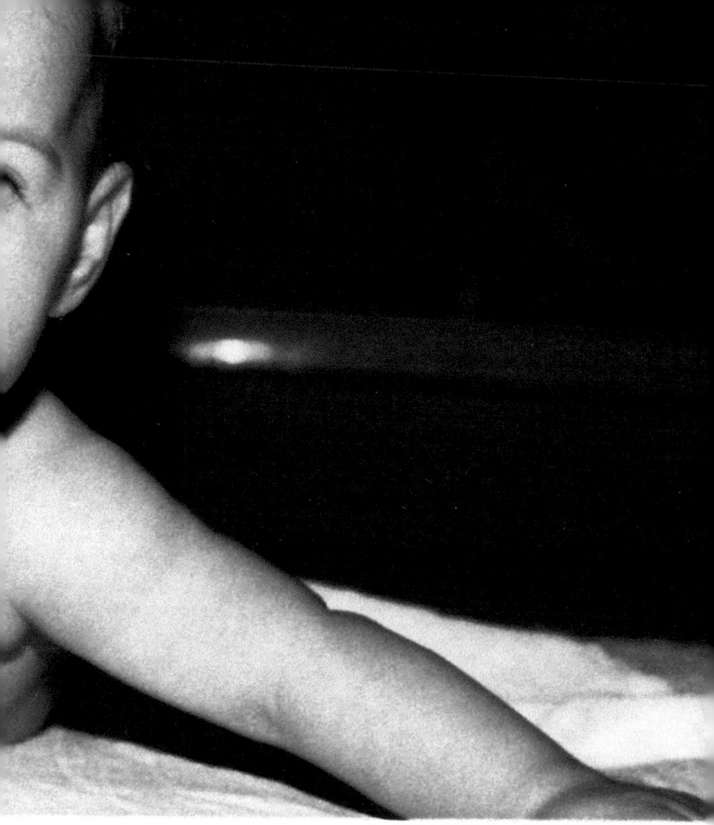

konntest du es nicht. So hatten wir ein Gespräch der anderen Art, unser Verhältnis von da an ein anderes war.

„Speak Easy"

—

Die Kunst
den Prinzen
im Frosch
zu sehen

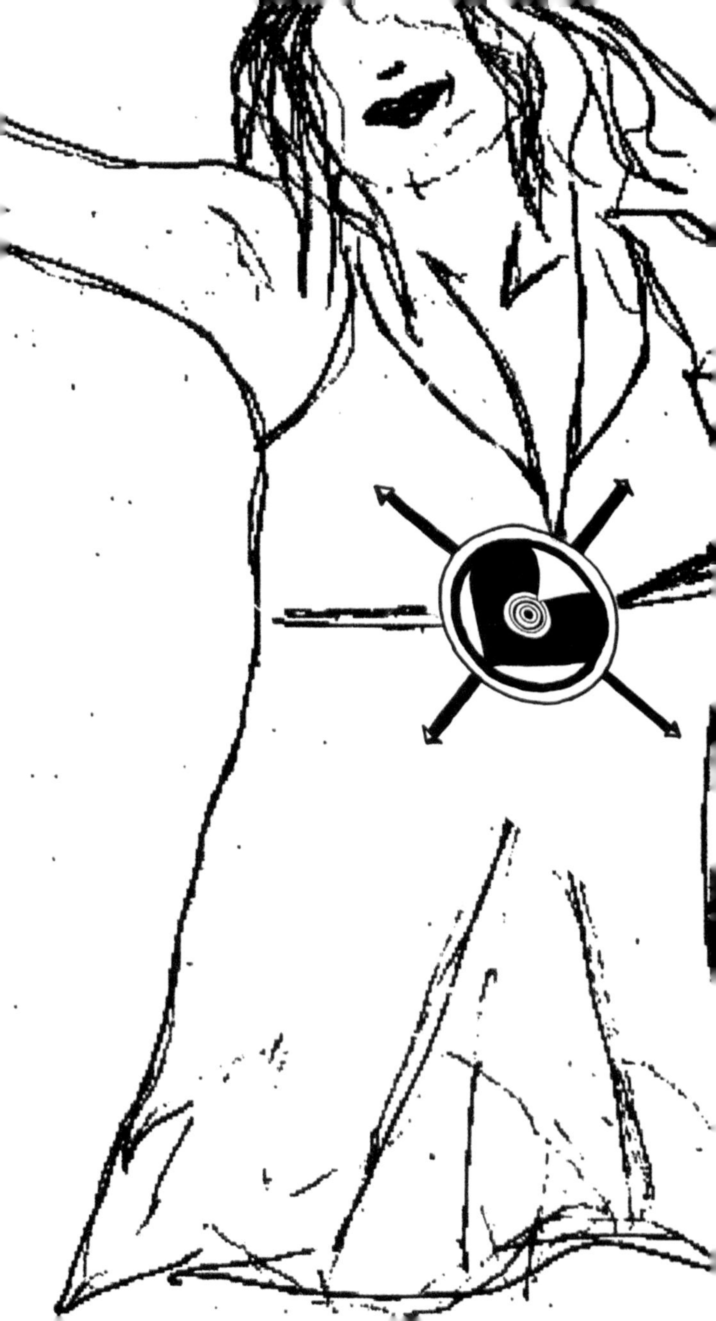

Mein letztes Bild von dir wird dir allein einfach nicht gerecht, beschreibt es nur zwei Wochen von über 20 Jahren, so möchte ich es einfach nicht verwahren. Die „*Magic-Moments*" zwischen uns waren zahlreich und mächtig. Verteilt auf 20 Jahre gibt es ganz viele über die heut auch noch gern schmunzle, scheißegal, ob der Rest der Welt vielleicht darüber die Stirn runzelt.

Du, ein Freund meiner Brüder, kannte ich dich sicher davor auch schon lang, doch nicht bewusst, erst mit zehn hab ich von dir wirklich gewusst.

Meine Schwäche in Mathe war bekannt. So kamst du in mein Land. Solltest meine Nachhilfe sein. Doch ging es schnell um Musik, Tanz und SEIN.

Ich wurde älter, kam oft mit zum Baden. Erinner, mich gern zurück an das Surfbrett, die alte Donau, du und ich. Das Lachen den ganzen Tag nicht aus unseren Gesichtern wich.

Du gingst weg zum Studieren, doch kein Grund uns aus den Augen zu verlieren. In den Ferien warst du da. Du nahmst mich mit ins Krebitz und U4.

So schön frei waren wir. Wir tanzten die ganze Nacht, eng umschlungen im Hunger nach Leben, hatten wir uns diesbezüglich immer einiges zu

The Difference

Is WHY

geben. Sahen oft gemeinsam die Sonne über Wien aufgehen, bis zum nächsten Wiedersehen.
Natürlich kannte ich auch deinen Ruf, und trotzdem haben mir alle zu dir geraten. Vielleicht habe ich damals auch aus Trotz mein Herz verraten.

Wollte dich provozieren und sehen, was passiert, wenn ich deinen Bruder im U4 mal inspizier.
Von da an existierte ich nicht mehr in deinem Leben, einzig Verachtung hatte mir dein Blick zu geben.

Wir sahen uns bei einer Hochzeit wieder. Und wieder alle rieten mir zu dir. Ich tanzte mit deinem Bruder, er schubste mich, mit den Worten *„dort gehörst du hin“* zu dir.

Wir tanzten, wir tranken, wir wurden beobachtet. Wir gingen bis zum nächsten Wiedersehen.

Das nächste Wiedersehen, das erste große NICHT-Verstehen. Du hattest geheiratet, sie wartete zu Hause. Und trotzdem wolltest du mich küssen am Weg nach Hause. Ich las dir die Leviten und fragte dich, was hätte dich denn geritten? Du wusstest es nicht und ich verstand dich erstmalig nicht.
Ich war verstört und auch empört. Wie konntest du auch nur im Ansatz glauben, ich würde dir das so erlauben. Die Jahre vergingen und ich hörte du

hättest mittlerweile für zwei Söhne zu bestehen. Ich freute mich für dich und hoffte du wärst glücklich.

Hatte damals nicht bemerkt, wer du geworden warst. Die Gier nach Leben und Lieben, durch die unstillbare Gier nach MACHT und GELD ersetzt. Auf diesem Schlachtfeld wird man selten tief verletzt, bleibt es immer an der Oberfläche gewetzt.

Für alles andere braucht man FEUER und MUT, und darin warst du leider rückblickend nie so gut. Sonst hättest du vielleicht irgendwann mal in deinem Leben deinem Herzen einen Stoß versetzt, und die *„sich selbst erfüllende Prophezeiung*“ und nicht alle, dich eingeschlossen in deinem LEBEN, verletzt. Warum schreibe ich das, weil ich dich noch immer zutiefst mag. Und die Erinnerung an 20 Jahre davor nicht aufgeben mag.

Da hattest du noch Augen voller Leben. Nicht leer, traurig voller Angst und Scham. Dein Hirn war noch nicht von dem Gedanken, was andere denken, lahm.

Du bist erstarrt und merkst es nicht? Du warst oft (von dir unbemerkt) sehr wichtig für mich. Deswegen ergänze ich hiermit meine letzten Worte an dich.

Schenke dir meine Erinnerung von dir, vielleicht

trifft es ja auf ein doch noch schlagendes Herz bei dir. Und du findest Mut und auch mal wieder dich, dann kann ich dich wieder sehen und du vielleicht auch mal mich.

Lieber Vater

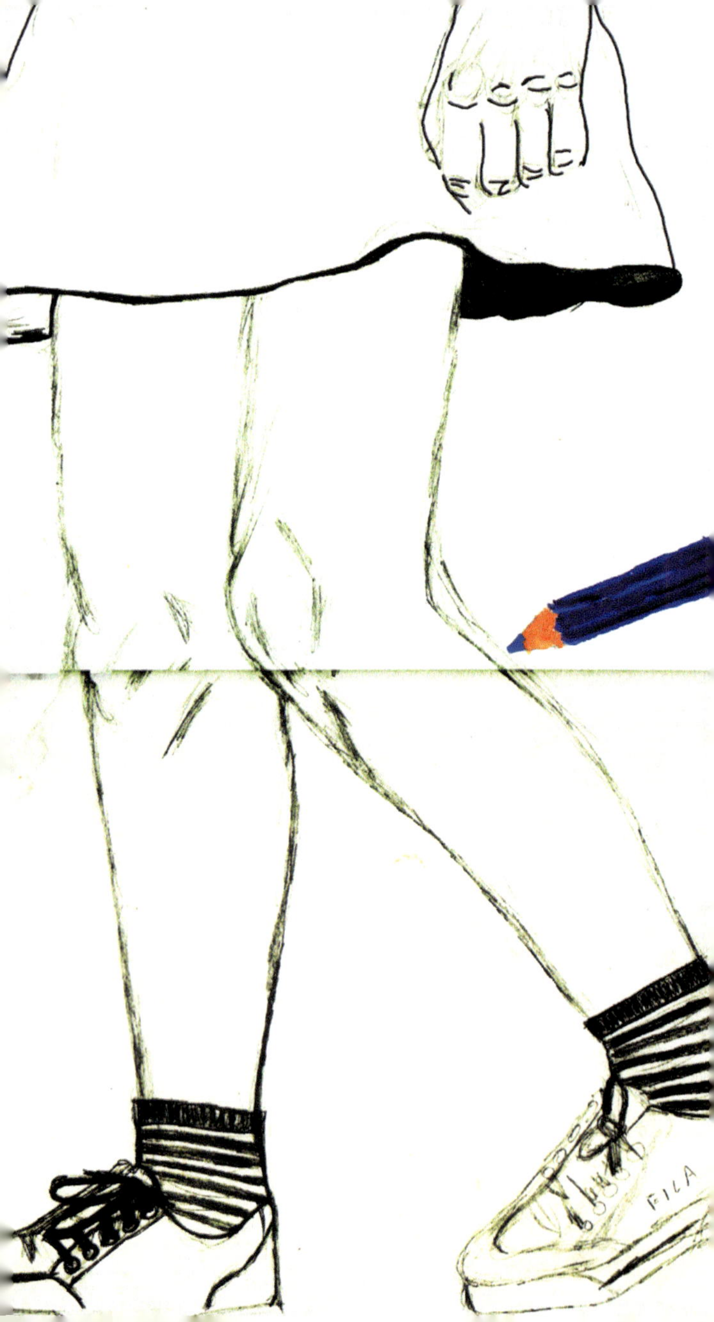
FILA

Meine Worte an dich, keine Ahnung, ob es dich auf dieser Welt noch gibt. Ich spüre nur dein Herz, mich noch immer liebt. Du glaubst ich hätt dich verraten. Ja!

Auch aus deinen Taten, war die Liebe nur schwer zu erraten. Doch gabst du mir die Fähigkeit mit, 1+1 zusammen zu zählen, und die Motive dahinter zu sehen. Meinen messerscharfen Verstand, lernte ich an deiner Hand.

Erinnerst du dich? Du hattest mal eine Tochter! Dein Zahnstocher, so nanntest du mich. Heute existier ich für dich nicht.

Lang verstand ich, das alles nicht! Hab dich gehasst, mit aller Macht. War verletzt, und habe ebenfalls alle Messer gewetzt. Doch genau dieses Verhalten ist in unserer Familie ein ungeschriebenes Gesetz. *„Kratzt du mich, töt ich dich"*.

Bist du nicht gerade darauf Stolz, dass zwischen deinem Herzen und einem totem Stück Holz, kein Unterschied ist. Könnte es sein, dass du, einfach nur Vorbild bist.

Warum sollte ich haben ein Gewissen, wenn du dich davon nährst, deines zu vermissen. Brauchte sehr lang um zu verstehen, und das große Ganze dahinter zu sehen. Gelang dies nur durch

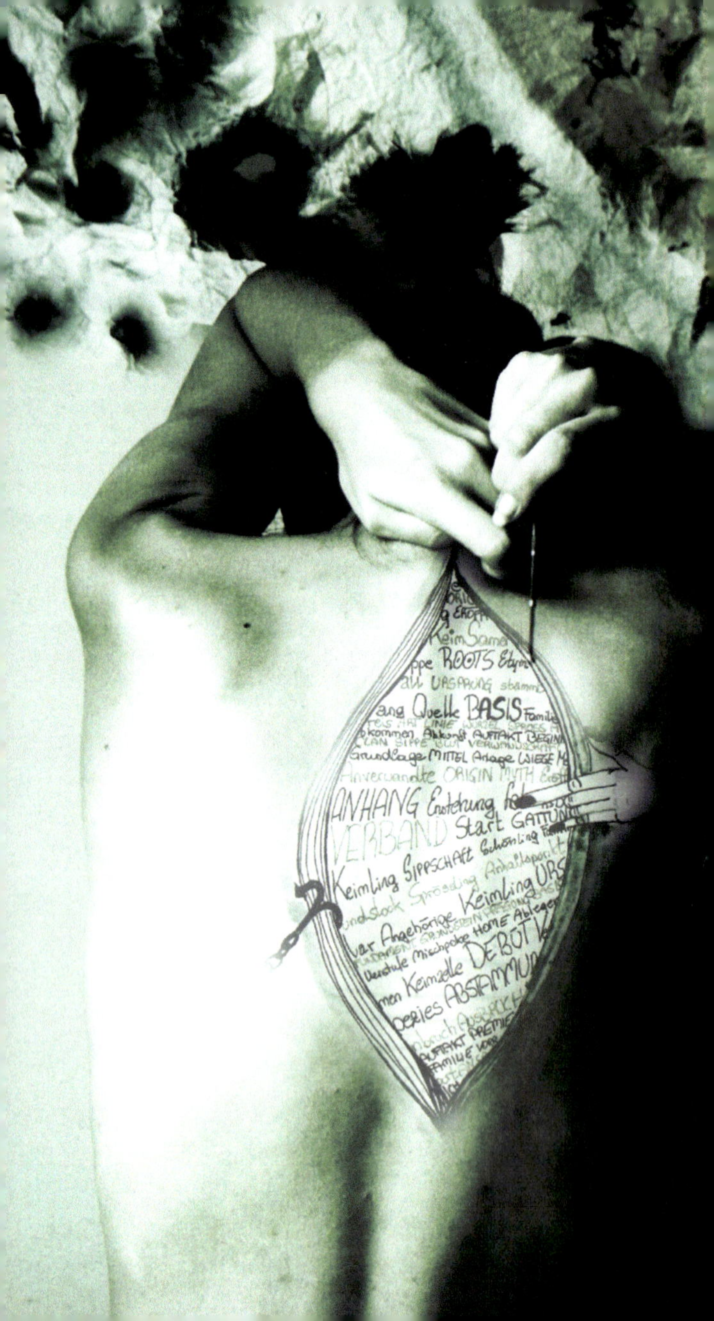

KeimSamen
ROOTS
URSPRUNG
Quelle BASIS
ART LINIE WURZEL
Abkunft AUFTAKT
CLAN SIPPE BLUT
Grundlage MITTEL Anlage WIEGE
Anverwandte ORIGIN MYTH
ANHANG Entstehung
VERBAND Start
Keimling SIPPSCHAFT Schössling
Sprössling Anhaltspunkt
Angehörige Keimling
HOME Ableger
Vorstufe Mischpoke DEBÜT
Keimzelle
ABSTAMMUNG
AUFTAKT
FAMILIE

einen ungetrübten Blick auf mich, der Blick zurück zu dir und auf dich.
Du und ich sind uns einfach nur sehr ähnlich.
Ich bin so lange deinen Weg gegangen, ohne es zu merken.

Durch die Begegnung mit dem Tod bin ich aufgewacht. Ich hab an dir erkannt, was dieser Weg aus mir macht. Und gespürt, mein Herz auf diesem Weg wahrscheinlich nie wieder lacht. Du wurdest durch die Begegnung mit dem Tod hass- und ANGSTerfüllt. Bei mir hat es das Herz enthüllt.

Sensibilität ist nur so lange eine Waffe, die man auf sich selbst richtet, bis Erfahrung die Handhabung lehrt.

Danke, dass du diesen Weg gegangen bist, so muss ich ihn nicht beschreiten, und das Herz kann den Weg leiten. Ich muss nicht hinter jedem Nein einen Weltuntergang sehen, sondern nur ein Kommen und Gehen. Ich muss nicht jeden Schmerz als Last empfinden, sondern als Chance, mich selbst zu finden. Ich muss das Leben nicht als Kampf sehen, sondern als Challenge, welche es gilt zu bestehen. Ich darf lieben und geliebt werden wie ich bin.

Ja, Vater genau da wollten wir doch eigentlich hin!

Herz-
Rhythmus-
Störung

DEIN
AUTISMUS
MEIN
AUTISMUS

An meine Liebste!

Mein Herz schreit, schreit nach dir! Jedes Element meines Körpers ruft nach dir und es fühlt sich so an als würde sich mein Körper in kleinste Teile auflösen wollen, um dann so schnell wie möglich zu dir schwirren zu können. Ich verzehre mich nach dir und mein Herz schmerzt weil es heute Nacht wieder alleine schlagen muss.

Ich hätte dich heute noch so gerne gehört und deiner Stimme gelauscht nur um das Gefühl zu bekommen, nah bei dir zu sein. Im Hintergrund läuft Daedalus* und dringt bis ganz nach Innen tief.

Bedecke dich mit Küssen bis du sanft einschläfst und mit mir am Spielplatz auf einer Schaukel durch die Luft saust. Ich liebe dich.

Will dich bei mir spüren und bei mir wissen, dein Gesicht sehen, wenn ich meine Augen öffne und sie nicht öffnen um zu wissen, dass du bei mir bist.

Dein Geliebter, 28-09-07

*Daedalus - „Something bells" erschienen bei Ninja tune 2004

Ach, Liebster, so rosa du und ich, damals noch schwebend im Glück. Ja, daran erinner ich mich gern zurück. Undercover Hippiefrau trifft auf Hippiemann, im Sommer der Liebe. Der Welt einen Sommer lang unseren Stempel aufgedrückt,nicht einmal die Distanz berührte unser Liebesglück.

Du und ich, Bonnie & Clyde der Liebe, ja, auch des Feuers und der Triebe. Die Besonderheit der sofortigen Verbundenheit, welche die Leichtigkeit befreit. Erhebt die Liebe zur Macht, die ein ganz

einzigartiges Feuer entfacht. Auf Butterflocken gepackt im Rosawolkenrausch, da bauten wir unser Haus. So drehten wir unsere Runden, es blieb keine Zeit für unsere Wunden.

So bemerkte ich auch nicht, dass dein mir Entgegenreisen, eine perfide Art war, dich selbst zu verspeisen. Die Nähe, das Rosa, du und ich, alles zerplatzt ganz plötzlich aus dem Nichts, am Weg ins Licht. Du wolltest meine Zukunft sein. Ich glaubte zuerst nicht an dein Rosarot. Auf einmal

steh ich allein und fühl mich leer und tot.

Flehte dich an: Lass uns auf die Liebe schwören, weil wir beide doch zusammengehören. Doch du vergräbst was war und tust so, als wäre alles wunderbar. Ich muss einsehen, du willst den Weg nun alleine weitergehen. Und ich bleibe alleine stehen. So plötzlich aus den rosa Wolken gerissen, ließen wir schwer los, fast schon verbissen. Ein Kampf ums nicht vermissen. Unser Verbündeter scheint's, das Schicksal ist. Erfüllt es die Sehnsucht manch-

mal auch mit einer List, dein Auto dann auf einmal vor meiner Türe zusammenbricht, so schmerzhaft es auch immer wieder ist.

Doch scheints, es gibt nie einen Weg zurück zu unserem Glück. Du hasst mich und dann wieder auch nicht. Ich versteh es einfach nicht. Mein Glaube an dich erlischt, zu blödsinnig und unreif das alles ist. Du mein Liebster nun nicht mehr bist, zu sehr es immer ganz schirch sticht. Vielleicht warst das alles wirklich nicht DU? Und du kamst nur zu meinem

Traum hinzu? Jetzt kommst du nur noch, um dich zu laben, und ein Stück Liebe für dich abzuhaben, ganz ohne deine Gaben. Und mir schmerzt es bei deinem Anblick im Magen.

Zu sehr unsere Energien verwoben sind, geht das so nicht weiter hin. So sah ich dich zuletzt hungrig und schwer verletzt gefangen in meinem Netz.

Im Hunger nach Liebe vereint herrscht trotzdem kein Gleichgewicht. Ich bin unendlich groß und du nur ein Wicht, sagst du fernab vom Schmerz, nur mit ein bisschen Kummer. Manchmal ich das Orakel der Weisheit bin und dann wieder nur das Gift, welches nicht aus deinen Adern wich, dir ständig neue Samen in dein Hirn pflanzt. Mit jedem weiteren Satz dring ich tief. Tief in dein Herz, dort wo ich so lang schlief in einer kleinen staubigen Box durchgestrichen
~~Meine Liebste ist..~~
nur noch mein Kryptonit.

Sehe, dass ich mit meiner Liebe dieser unwürdigen Sache diene. Höre deine Worte du fühlst dich mir unterlegen. Das kommt meiner kochenden Wahrheit gelegen. Sehe was passiert ist, deine Box in meinem Kopf. Seh die Rollenmuster, muss los.
Leg dich ein letztes Mal in meinen Schoß. Drück dir einen Kuss auf die Stirn, streich dir übers Haar.

„Komm geh' raus, geh spielen.“

Meine Rolle hier zu Ende ist, und das ist keine List. Gern wieder Tänze im Licht, wenn du selbst begriffen hast, wie schön du bist, denn das ist das Einzige, das ich weiß, und du nicht!

Herzrhythm
HANDEL IN WIEN GESTOPPT
BANKEN VERLIEREN

6.

Sort of Revolution

Neu auf der Plattform, auf der sich unsere Generation versucht zu begreifen und im Spektakel der Selbstdarstellung zu reifen. Da fandest du mich. Ich in Wien und du in Berlin, und keine Möglichkeit, uns sofort zu sehen. So schrieben wir uns, die Sympathie wuchs. Du warst wie mein lebendes Tagebuch, nüchtern klar und bodenständig. War ich mal wieder dem Schweben ergeben, mahntest du mich immer, *„He kleene, da gibt es noch ein anderes Leben."* Irgendwann skypten wir, ich erzählte dir von meinem Projekt. So hattest auch du gleich Blut geleckt. Du, der Regisseur in deinem Badezimmer, mit meinem Equipment und mir und dann noch für den guten Zweck, war auch dein Feuer geweckt.

Wusste ich damals grad nicht, wer ich bin, war wegen meiner Selbst verlegen, hatte ich grad erst meine alte Existenz aufgegeben. Von da an änderte sich ständig das Leben. War ich in der einen Sekunde noch blind meinem Ex ergeben, schrie in der nächsten schon wieder alles nach Leben. Weg und fort, nur weit weg von diesem Ort.

Du begabst dich mit mir auf diesen Trip von rosa Wolken und schwarzen Löchern, von Krafttieren und Design zum Einfach-Mensch-Sein. Ich genoss das Schreiben mit dir. Hat dich anscheinend nicht

einmal das Gejammere über meinen Ex verletzt?!
Hat es uns nur unmerklich Grenzen gesetzt.
Es ist klar, ich will zu dir!

Nur ohne Geld und Vertrauen in mich.
Blockiert mit einem trotzigen Kind und einem Ex im Herzen, verursacht schon die reine Existenz oft Schmerzen. Litt ich doch an gebrochenem Herzen. Ging ich vor kurzem noch auf in Liebe, Sex und Glück, hielt sich das grad alles zurück. Ich musste ganz schnell neue Wege finden, sonst würd' mein eigenes Feuer ganz schnell mich erblinden lassen. Kein Aufwachen mehr im Lieben, sondern gefangen in Trieben. So wandte ich mich, zuerst zaghaft und dann Stück für Stück, der Kunst zurück.
Sie gab dem Schmerz ein Ventil und mir immer wieder ein Ziel.

Endlich die MUSIK, das LEBEN wieder richtig ficken. Zu lange schon gelitten.
In der Schönheit des Moments finden wir uns, schweben gemeinsam, keiner ist mehr einsam.
Das Zwitschern der Vögel unsere einzige Uhrzeit ist, wohlig warm, wie hab ich das vermisst!
Wir kommen uns näher, doch das Ticket bereits gebucht, ich glaub, das haben wir beide ein bisschen verflucht. Doch so war es abgemacht, hat ja keiner daran wirklich gedacht, dass es vielleicht

auch etwas im Herz entfacht. Du bringst mich zum Zug. Deine Nüchternheit ist jetzt wirklich gut. Hab ich doch die Bilder von letzter Nacht, die du von mir in deinem Badezimmer hast gemacht. Sehe deinen Blick, wie er ruht auf mir, unaufdringlich der Ästhetik verbunden. Und dabei die Schönheit jedes Details nachempfunden. Erzählen sie zusammen unsere G'schicht. Ein Tanz von absoluter Nähe und Distanz, der uns verband. Dem Moment des Augenblicks ergeben, von der Realität ein

geborgtes Leben. Die Schönheit der Tiefe erspäh’n. Und trotzdem darüber gehen, weil es grad nicht passt. Zu schnell entwickelt sich das zur Last. Die Leichtigkeit unsere Domäne ist, wozu also den ganzen anderen Mist. Interferenz mit Schwebung das Thema ist. Das Verschmelzen nur dosiert, dass sich hier nur keiner darin verliert oder verirrt.

„*Die Stillen Tage in Berlin*“ wurden schnell mit „*den Stillen Tagen in Wien*“ ergänzt. Scheint’s nur der Genuss unser Tun begrenzt. Mit dir wird Raum

und Zeit wieder mit Leben besetzt. Das Vogelzwitschern und unsere Tänze im Licht, die einzige Konstante ist. Der Sommer der Liebe verblasst. Im Herbst wird klar, es entwickelt sich zur Last. Von Krankheiten, Sorgen und Nöten geschwächt, verlässt keiner mehr sein angestammtes Eck.

Unsere Energien schon zu sehr verwoben. Ziehen wir beide was war in den Dreck. Sonst das Herz zu sehr leckt. Der Kontakt versiegt, nur ein Zettel als Erinnerung an verliebt. Deswegen schließe ich hier mit deinen Worten, da Nüchternheit eher deine Stärke ist, für mich da einfach zu wenig Rosa dabei ist:

„ich habe nicht mehr viel kontakt zu leuten aus früheren zeiten. irgendwann haben sich die wege getrennt, der kontakt ist versandet und ehrlich gesagt irgendwie ist es mir gleich, was die leute heute so treiben. ich bin kein ignoranter charakter, doch auch hier hat mir das leben gezeigt, dass nicht selbstverständlich an „alte" zeiten anzuknüpfen ist.

wir alle entwickeln uns in gewisse richtungen, die dinge ändern sich. so wie die

kansas city

menschen. und bei manchen werden eben geld und status wichtig. und schon oft habe ich nach einem treffen gedacht: „ja, war nett."

aber nicht mehr mein ding. die ähnlichkeiten von früher haben sich verschoben. so isses nu mal. die hauptsache ist, dass die leute mit dem, was sie umgibt und mit dem, was sie so anstellen, zufrieden sind. und so weiter und so fort. amen."

War schön mit dir auch ohne ein Zurück,
wünsch ich dir weiterhin viel Liebe und Glück!

Ein Märchen in Bildern

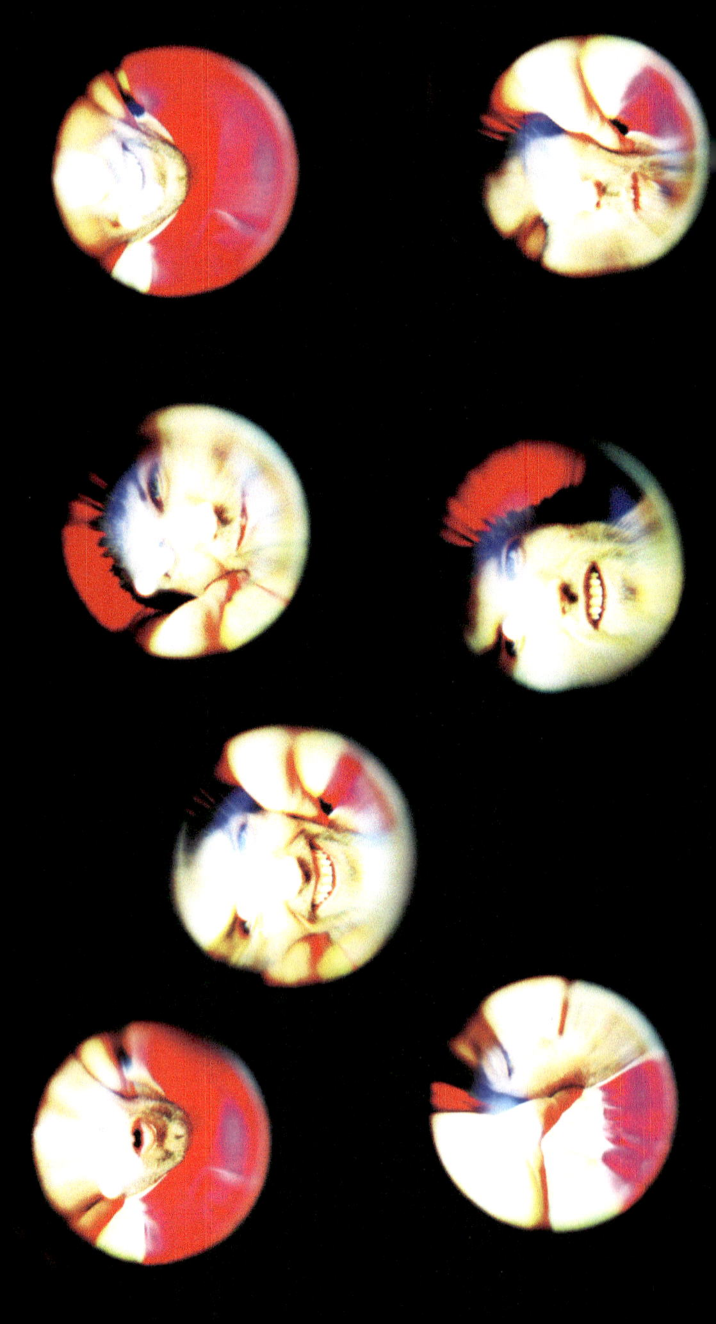

Im erwartungslosen Raum

You should be an actress!

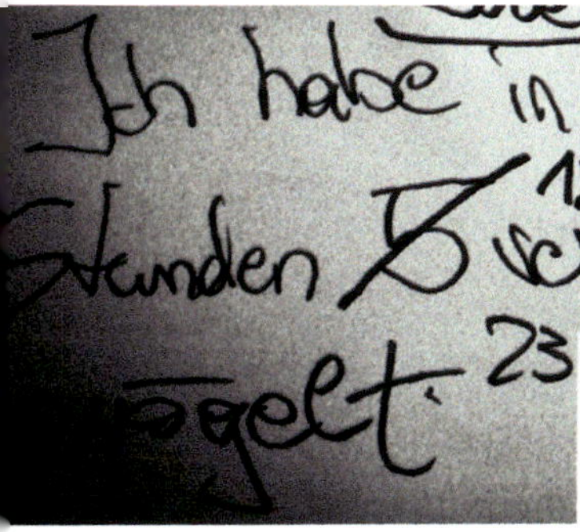

Du bist unglaublich! Du verwandelst DICH ständig in eine komplett andere Frau!

Schön, dass es dir auffällt!

Wie heißt die jetzt?

Wie würdest du sie nennen?

Du hast bereits einen Teil meiner Person zerstört!

Welchen???

Du weißt schon, WELCHEN!

Ich bin der Tod und das Leben!

Natürlich sehen wir uns wieder,
ich bin ja nicht deppert!

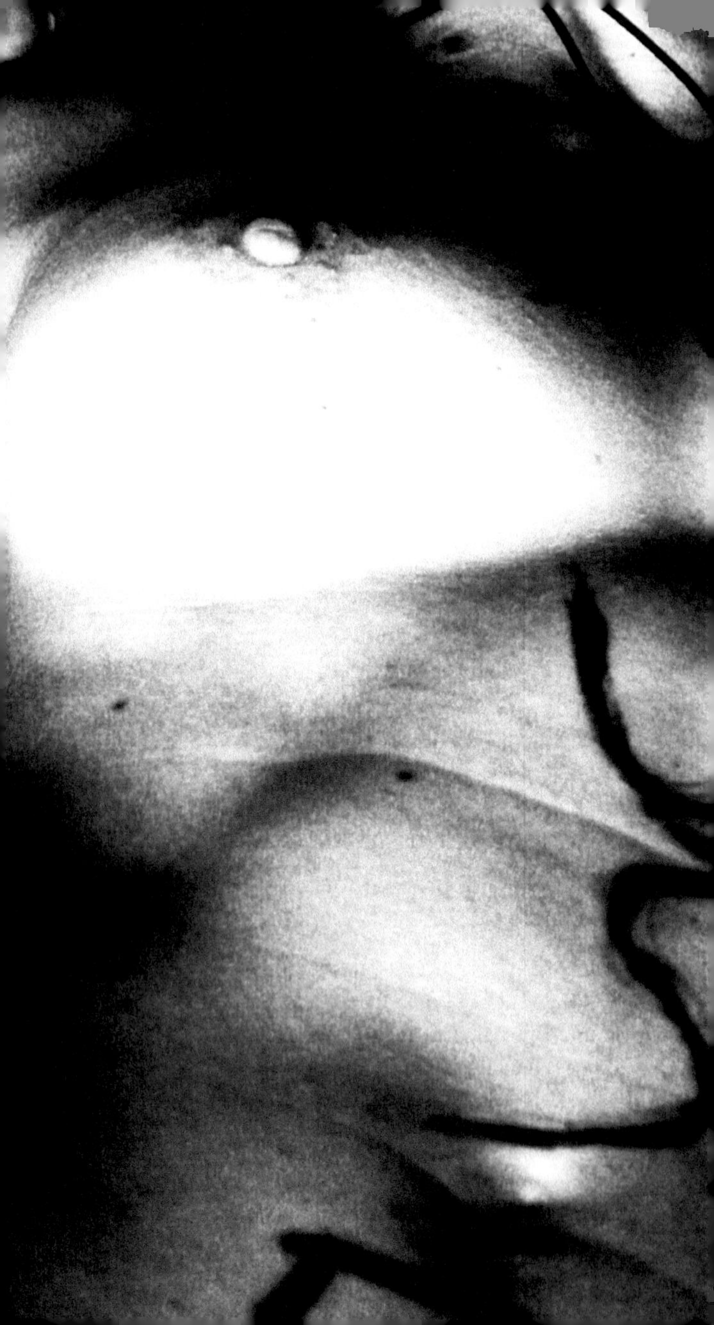

Ich bin schwierig.

Super,
ich auch!

Ich habe eine
Freundin!

Wenn dich dieser
Umstand nicht stört?

Es zerreißt mich! Lass' ma das lieber,
bevor es jemandem weh tut!

Ich glaube, an dem Punkt sind
wir bereits vorbei.

Ja, musst du wissen?!

Was heißen Kavaliersschmerzen auf Englisch?

BLUE BALLS

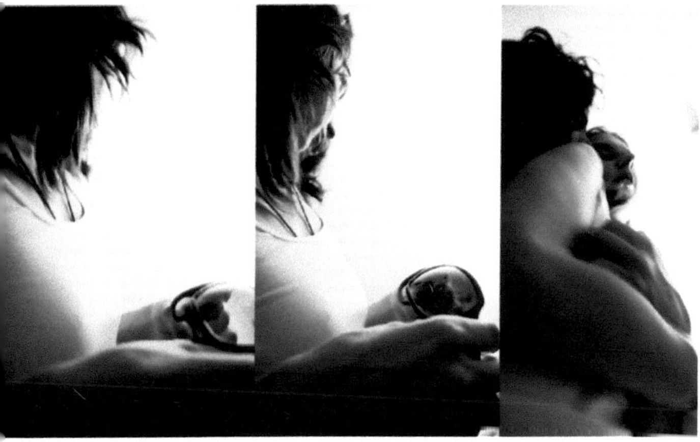

Ich bin Wachs in deinen Händen...

Ich habe noch nie jemanden erlebt,
bei dem das wirklich so ist!
Du machst mich verrückt!

*Wir können uns noch draußen treffen,
es geht nicht anders.*

Ok, wo?

Spittelau

(Und jetzt sitzt du mir gegenüber,
ich kann dich riechen.) Na warte, gleiche
Folter für alle! WIND, WIND, eil' herbei,
damit es für ihn genauso sei!

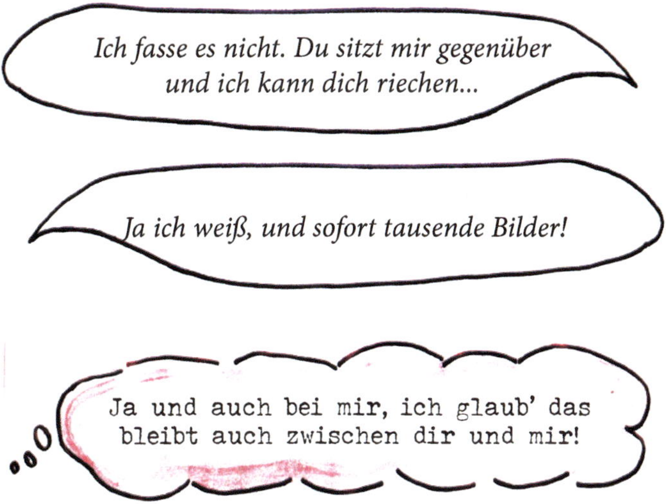

Und wenn sie nicht gestorben sind, dann leben sie noch heute hinter ihrer Kamera mit ihren Bildern und lassen dabei die Liebe wildern.

8.

Die Skelettfrau und der Fischer

Or the TRUTH of TRISTAN and ISOLDE

»Die jugendlichen unbedarften Fischer wissen noch nicht genau, was sie in Wahrheit suchen. Die Ausgehungerten werfen ihre Angel aus, um eine innere Leere zu füllen. Die seelisch Verwundeten fischen nach Trostspendern für frühere, schmerzhafte Verluste. Aber alle stolpern irgendwann über einen „unerwarteten" SCHATZ«.

(Estés 1997: S.148f)

Clarissa Pinkola Estés (1992). Die Skelettfrau. In: Die Wolfsfrau - Die Kraft der weiblichen Urinstinkte. Heyne, München.

Es ist Weihnacht. Und mein Herz grad gar nicht lacht. Bonnie und Clyde es nicht mehr gibt. Oh fuck, wie hab ich diesen Menschen geliebt. Schotte mich ab. Denn mein Herz ist wund, und das hat grad vielerlei Grund. Doch du findest mich. Ich schick dir ein Lächeln. Du mir ein Lied. Das Lied „*The Death of Bonnie & Clyde*“ dringt tief. Und spüre bei dir gerade das gleiche lief. Ich krame im Archiv der Schmerzen. Und schicke dir Archive – *Goodbye**, aus tiefstem Herzen.

*Archive. Album (2002) „You All Look The Same To Me“ by Eastwest Records GmbH.

Wir treffen uns. Ein Abend geprägt von unglaublicher Nähe und Distanz. Der Schmerz und die Wunden zu nah, sonst wäre alles wunderbar.

Will nicht sehen, was meine Seele schon lang weiß. Da ist jemand, der trifft ins Herz. Die Nacht endet, ich schwebe nach Hause. Die Inspiration fließt.

Die Wölfin erwacht, die tief in mir schlief. Doch du hängst das Out-of-Order-Schild raus. ZU nah ich dir hier schon war. Die Arbeit ruft. Und Ablenkung tut gut. Ich schmeiß dich aus meinem Leben. Du reagierst verwundert. Aber so ist es eben.
Ich lass dich wieder rein. Du rufst mich an.

Und zwei Sätze später war ich wieder in deinem Bann. Du Verräter. Starte sofort los. Getrieben, gehetzt und am Fliegen. Vielleicht darf ich ja nun endlich wieder lieben. Ich seh dich sitzen im Eck, Vollgepumpt mit Drogen und Seelendreck.

Du sagst, dir haut es den Vogel raus. Ich frage dich, ist das wirklich dein Haus. Du antwortest nicht. Nicht zu wissen, wer du bist, wie gerade deine Stimmung ist. Ich gebe mich dieser Stimmung hin. Denn für diesen Abend ist eh alles hin. Nehme dieselben Drogen. Denn meine Seele fühlt sich belogen. Lass mich von deinem Plan die Nacht in Liebe zu verbringen, einfach nicht abbringen.

EICHRÄTTCHEN

immer auf der Lauer.
Im Kleid der Trauer, gebeutelt von Gier und Trieben.
Immer auf der Suche nach dem Lieben.
Frisst es die schönen Herzen,
aus Frust und vor lauter Schmerzen.

Wir gehen zu dir und jetzt wird es wirr.
Ich bin geflasht. Verwirrt und verwundert.

Fühl mich dir unendlich nah und höre nur Wunder. Deine Musik der Soundtrack zu meinem Leben ist. Du siehst, hörst, schmeckst und fühlst wie ich. Doch wirklich sehen willst du mich einfach nicht. Der Morgen anbricht, und ich sehe wieder Tageslicht. Fühl mich wie ein Fremdkörper… Unsere Wege trennen sich.

Du schreibst, ich bin dir zu nah, doch sonst ist alles wunderbar. Ich sehe ein, die Angst sitzt tief, so auch ich einfach herzlos weiterlief…

Ich sag, so kann ich nicht.
Du sagst, das bin ich nicht…

Die Zeit vergeht, und ich stürze mich in die Arme eines anderen. Du schickst ein Lied. Du sagst, es beschreibt deine Situation und dich.

„WER ICH BIN der Titel.
Frag mich bloß nicht, wer ich bin.
Ich weiß es selber nicht genau.
Sag du mir, wer ich bin.
Wenn ich es schon nicht kann.
Sag mir einfach, wer ich bin.
Gib mir einen Namen ein Gesicht.
Gib mir ein Bild von mir.
Und halt mich fest.

Bevor ich mich verändere.
Steck mich in einen Rahmen.
Schreib mich voll wie ein Papier.
Lies mich mir am Ende vor.
Steck mich in ein Kuvert.
Kleb mich zu.
Und schick mich ab.
Als an Brief an mich.
Damit ich schriftlich habe, wer ich bin."
(Alice im Wunderland 2010. Theaterstück, Vestibül Burgtheater)

Und du weißt gar nicht, wie sehr dieses Lied ins Schwarze trifft… denn bin ich bei all dem Laufen schon lang an mir selbst vorbeigelaufen.

Du lädst mich ein. Ich sage zu. Ich höre nichts von dir. Denke mir, strange und wirr. Sehe, du spielst ein Konzert. Freue mich, dich wieder zu sehen. Gehe hin und sehe, du gibst dich bereits einer anderen hin.

Denke mir, ich mag dich und viel zu kostbar diese Verbindung ist. Doch meine Anwesenheit stresst dich. Und so geh ich, biete dir erneut die Freundschaft an. So bleibt auch das ungehört.

Nein du setzt nach und schmeißt mich aus deinem Leben. Und ich sitze da und versuche zu verstehen zu recyceln und zu begreifen. Aber so ist es eben.

Schreibe eine Antwort auf deine SMS vor Monaten:

Als ob er ihr viel lieb wäre. Dies war die dumpfe Schwere. Blindheit, die herzlose Nacht, auf die ein Sprichwort ist erdacht, das heißt: Blindheit der Minnen, die blendet außen und innen. Sie blendet die Augen und den Sinn, dass die nicht wollen sehen hin. Wenn sie auch noch so deutlich sehen. So war dem König auch geschehen. (Tristan und Isolde, Frauenhut)

So warst du mir zu lieb und teuer
Und damit einfach nicht geheuer
So trieb mich die Angst fort,
ganz weit weg von mir an einen anderen Ort.

die blindheit in der minne. blendet außen blendet inne, blendet augen blendet sinn, und das bringt dir keinen gewinn, was die augen deutlich sehen der verstand will es nicht verstehen ganz egal was sie erblicken, bloß nicht denken lieber (lieben) Tristan und Isolde (Vestibül 2010).

Lieber ficken sollte dein Herz erblicken. Denn lieben wollt ich nur dich und keinen anderen Wicht. Mein Herz war zu. Damit es ließ dich in Ruh, machte ich auch noch meine Augen zu. Der Teufelsfalle erlegen, ab jetzt führ ich ein bescheidenes Leben. Nicht mehr gebeutelt von Gier und Trieben.

Ruhig und einfach wollte ich lieben. Ruhig und einfach ist die Liebe nicht, sagte sie noch, bevor sie aus meinem Leben wich. Von da an mied ich dich und oft auch mich.

Die Jahre vergehen und es kommt zu keinem Wiedersehen. Nur deine Musik bleibt im Netz bestehen. Und ich versteh es nicht, du verleugnest dein Herz, nur deine Musik merkt es nicht. Wie kann das sein, mir gelingt das nicht. Ich bewundere dich, du merkst es nicht. Die Stadt ist klein und auf einmal sind deine Freunde in meinem Leben. Verlieben sich in mich und alles ganz nett, eigentlich.

Doch du lässt dem Frieden keine Ruh! Deine Wortspenden über mich, einfach nur widerlich. Es verletzt mich, du merkst es nicht. Ich höre wieder Musik von dir, und verstehe dich, wirklich gspian' dürftest du dich auch schon lange nicht, das tut mir leid für dich!

Vielleicht findest du dein Herz ja doch noch mal wieder und schreibst wieder diese wunderbaren Lieder. Bis dahin vergess' ich dich lieber, goodbye, my sweetest.

Die Unbekannte

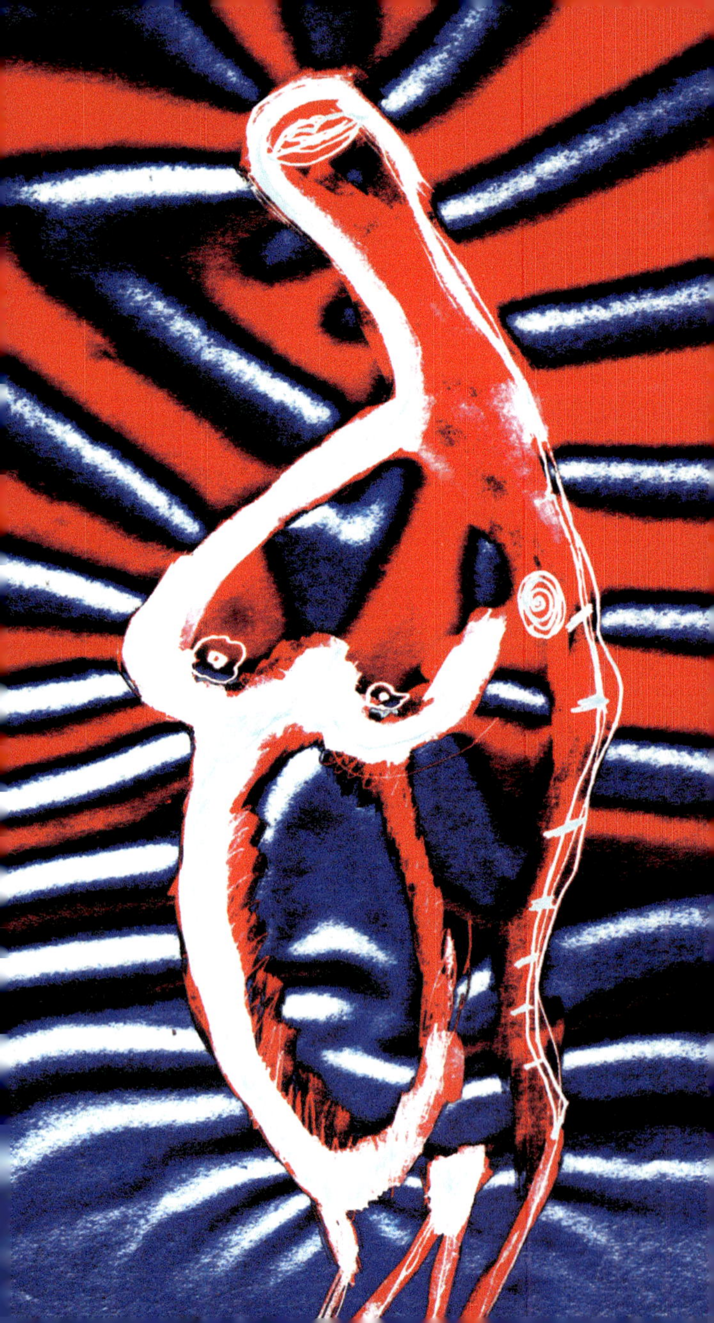

Du warst lang die unbekannte Frau in meinem Leben. Ich wusste eigentlich immer, dass es dich gibt, nur bewusste Erinnerungen an dich hatte ich nicht. Kannte die Bilder von mir in deinem Bauch und ganz viele Geschichten über dich, nur ein eigenes Gefühl zu dir hatte ich nicht.

Ich wusste immer, ich bin adoptiert, und dass meine richtige Mutter irgendwo da draußen auch herumschwirrt. Irgendwann mit 18 half mir mein Vater, die Liebe deines Lebens, dich zu finden. Endlich unverhofft doch die Chance, dich zu sehen, wer du bist und ob uns irgendetwas gemeinsam ist.

Wir verabredeten uns auf einem belebten Platz und kurz beschleicht mich die Angst. Werde ich dich erkennen, in all dem Getümmel? Ich steige aus der Straßenbahn und wirklich, der Platz ist mit Menschen voll und mitten drin erblick ich dich und weiß, du bist es. Seltsam dieses Band zwischen Müttern und Töchtern doch ist.

Du hast nichts mehr gemein mit der Frau von vor 18 Jahren und trotzdem weiß ich sofort, wer du bist. Ich überlege wieder umzudrehen, reicht nicht vielleicht auch ein Sehen? Ich hadere mit mir und steuere dabei direkt auf dich zu.
Nun bemerkst du auch mich und ich erkenne ehr-

liche Freude in deinem Gesicht. In dem Moment gebe ich mir selbst das Versprechen:

OK, egal was ist, darauf lass ich mich jetzt ein, wird es sowieso vermutlich das letzte Mal sein.

Wir gehen ein Stück und reden über die letzten 18 Jahre, was so passiert ist und was nicht.
Meine Augen tasten dich von oben bis unten ab und ich erkenne einfach nichts, das uns gemeinsam ist. Nicht einmal die Augenbrauen, und hatte ich doch auf zumindest die gehofft. Nein nicht einmal meine Erdbeergier kommt von hier. Ich lerne dein Umfeld kennen und bin ehrlich tief drinnen nur entsetzt, du hast das Wort Elend an diesem Tag mit einem neuen Bild besetzt. Du versuchst mir deine Nummer und deine Daten aufzuschreiben. Für uns beide eine nervenaufreibende Tortur. Denn ich muss erkennen, auch das Schreiben nicht deine Domäne ist.

Gerade, als der letzte Funke Hoffnung auf eine Gemeinsamkeit erlischt, erkenne ich endlich worin du Meisterin bist. Du bist Meisterin im Erschaffen einer Welt, in der nur du das Zepter hältst. Du wechselst in einem Satz nicht nur den Ausdruck und den Ton, nein, der gesamte Film wird von der Komik zur Tragik oder umgekehrt, ganz ohne Hohn. Oft beginnt der Satz in einer Welt voller

rosa Schleierwolken durchtränkt bis in die letzte Faser mit zuckerlrosa Sternenstaub und endet im tiefsten schwarzen Loch mit der gleichen, ehrlichen Emotion.

Du wechselst komplette Welten im Sekundentakt, mühelos und für deine Umwelt eigentlich nie nachvollziehbar.

Für alle scheint es,
…außer für mich, und ich bin verblüfft, so merke ich endlich was uns gemeinsam ist. Sich blitzschnell zu distanzieren von allem was ist und eintauchen in eine Welt in der alles besser ist, diese Gabe kommt also von dir. Die Realität mit der Fantasie verbiegen und sich in einen Traum verlieben. Ihn voll zu packen mit aller Emotion und auch körperlicher Reaktion.
Diese Fähigkeit kommt also von dir!

War sie mir immer schon ein sehr treuer Begleiter und half mir auch in den dunkelsten Stunden stets weiter. Dank dafür und für mein Leben an sich, sonst gäb es das alles ja nicht.

Wenn der Prinz zum Frosch mutiert

—

Das Ende von „Speak Easy"

Du sagst, du kamst dir benutzt vor. Ich sage,
so kam ich mir vor. Du fragst mich, bin ich ein
Versager. Ich sage ein Angsthase und Jasager.

Du erzählst mir deine Prophezeiung. Ich sage
Glückwunsch. Und trinke weiter meinen Punsch.
Du sagst es trifft. Ich sage die Wahrheit leider immer ins Schwarze sticht!

Die Zeit ist vorbei von Lug und Trug. Denn sogar
du merkst, es ist nur ein Betrug. Will ich eins sein?
… oder immer nur irgendjemand anderes Ding
sein?

Du sprichst von Politikern, Banken und Finanzen
und lässt dabei die Rhetorik des Nichtsagens tanzen. Ich sage, hör auf mit mir zu reden, als wäre ich
ein Geschäftstermin…
Die sind draußen, ich bin hier drin…

Ich erkläre dir den Unterschied. Und die Magie

des Augenblicks. Du willst nicht sehen und hören.
Du musst dich einfach gspian'. Ich sage gspian' ist
nicht schlecht. Doch lass das Müssen weg.

Kommt es doch von Leiden und hat hier kein
Recht. Denn so bleibst du der 08/15-Hecht…
Du sagst, dass du meiner Feder nichts entgegenzusetzen hast…

Ich sage, es ist nicht meine Feder, nur ist mein Herz, noch nicht aus Leder. Ich trage es auf der Zunge. Und inhalier' dabei tief das Leben und noch einmal auf Lunge. Du bist gewöhnt, nicht zu sagen, wer du bist. Und trotzdem entlocke ich es dir. Mit List? Nein, denn zu geben meine Aufgabe ist. Meine Ehrlichkeit versetzt dich in Begehrlichkeit So ist sie doch wahr und rein und nicht wie in deiner Welt.

Alles nur geprägt vom SCHEIN. Ich bitte dich erneut, lass deine Welt draußen. Die hat hier keine MACHT. Bitte dich mich zu sehen. Doch du lässt deine Geister nicht gehen. Ich verabschiede mich. Denn sehen willst du mich einfach nicht. Du legst nach und sagst, dass es das noch nicht war. Ich sage nichts. Denn jedes weitere Wort wär verpufft. Bevor es noch wär an der Luft …
Schleppte mich hoch mit deinem Frust. Kein Funken von Lebenslust. Doch seelig wird mir bewusst, ob nun gesehen gehört oder empfunden. Meine Welt ist anders und empfängt von dort keine Wunden.

Denn dein Herz an Geld und Gier gebunden, kennt das Gefühl von „*Hier-und-jetzt-ein-Platz-Gefunden*" einfach nicht. Du dankst für meine Empathie und Zuneigung. So lebte ich nur einen

Teil meiner Neigung. Und hoffe, dass dies mein Körper genauso sieht. Und den Umstand der Fruchtbarkeit. Genauso wie du, einfach übersieht. Sehen halt einfach nicht deine Domäne ist. Und vielleicht alles einfach Schicksal ist.

2 Musen?
2 Meister?

Lockst mich mit einer Fotosession. 2 Musen, 2 MEISTER, na klar. Der kreative Schlagabtausch geht weiter. Mein Herz klopft, meine Seele erinnert sich. Mein Körper fühlt, wieder unsere Tänze im Licht. Du schreibst, was war. Ich bin verblüfft, fast nichts, was bei mir nicht genauso war.

Seltsamer geht es ja nun wirklich nicht…
Wir beschließen uns zu sehen und den Weg eines gemeinsamen Shootings zu bestehen. Auch in der Arbeit lässt mich der Gedanke an unser Shooting grinsen, zu gespannt bin ich, ob wir uns wieder irgendwie finden.

Wir treffen uns. Gehen ein wenig verlegen dem Wald entgegen. Kämpfen uns durch Dornen und Morast. Die Wörter noch immer irgendwie eine Last. Ich höre dir aufmerksam zu. Denke viel nach. Versuch dich zu begreifen, doch auch meine Gedanken schweifen. Früher musst' ich nur an dir riechen, und wir standen sofort gemeinsam im Tempel des Lichts. Und jetzt einfach NICHTS…

Ich sehe dir bewusst in die Augen. Versuch zu finden, was für Geister uns aneinander binden. Doch ich seh nur Angst und höre das Gefängnis deiner Gedanken. Merke, wie du verzweifelt die Vergangenheit umarmst und dabei im Hier und JETZT erlahmst. Doch die Angst holt dich wieder

zurück und wir gehen wieder ein Stück. Ich berühr' dich, es verwirrt dich. Völlig erledigt legen wir uns unter den Sternen nieder. Umgeben von einem überlebten Leben versuchst du mir wieder etwas von deiner Schuld zu geben. Ich sage, das ist vergeben, so ist es eben. Doch du legst nach, beginnst zu erzählen, was in deiner Beziehung noch gelaufen ist. Du kommst zu UNS und dem was ist. ANGST. ANGST vorm absoluten Kontrollverlust… Ich überlege gerade, ob ich was sagen soll. Doch

du sagst weiter, es war nur SEX und die Lust an der Frucht des Verbotenen. Denn heute ist es nicht mehr so… Und ich denke still. JA, spül es ruhig zu den restlichen Dämonen ins KLO. Irgendwann fressen sie dich sowieso! Solange Angst und Schuld dein Herz leiten, ist sowieso jegliche Magie vereitelt. Unberührt davon nur unsere Bilder sind, da gibt sich das Herz einfach immer hin.

12.

Und auf einmal ist man erwachsen

Ich habe mich oft gefragt, ob es irgendwann einmal den Punkt gibt, an dem man selbst das Gefühl hat: Ja, Jetzt bin ich erwachsen. Was erwachsen für jeden auch bedeuten mag.

Nachdem ich bereits meinen 30er hinter mir habe und mich eigentlich kein bisschen erwachsener fühle, dachte ich schon, den Punkt wird es nie geben. Wenn ich beim Kauf einer Flasche Wein dann auch noch meinen Ausweis herzeigen musste, dachte ich wirklich, den Punkt wird es nie geben. Ich glaube, ich habe ihn jetzt auch nicht wirklich erreicht, nein ich fühl mich oft kleiner und abhängiger als je zuvor in meinem Leben. Ich kann seit Wochen nicht mehr schlafen, die meiste Zeit wache ich schon weit vor dem Weckerläuten mit Brechreiz wieder auf. Was ist los? Bitte, ich will leben?!!

Die Liebe war groß, die mich hielt im Leben. Jetzt ist es an der Zeit, mir sie selbst zu geben. Ich spüre deine Stärke wie sie durch mich spricht, vergewissere mich immer, ob du noch da bist. Merke, muss dich gehen lassen, dein Platz ist nicht mehr hier, ganz nah bei mir.

Möchte nicht noch mal den gleichen Fehler machen und glauben, ich könnt' dein Leben besser machen. Damit hab ich es uns zu deinen Lebzeiten stets schwer gemacht, entschuldige bitte diese Last.

Es geschah aus tiefster Liebe. Wollte nie akzeptieren, dass deine Zeit schon lange gekommen ist, maßte mir an, deinen Weg verändern zu können. Heute bin ich froh, dass du DEINEN Weg gegangen bist. Danke, dein letztes Geschenk an mich.

Ob man deswegen erwachsener ist? Nein wahrscheinlich nicht, aber es fühlt sich ziemlich schräg an, dort zu stehen, wo immer die standen, die es bis dato eindeutig waren. Normalerweise würde ich dich jetzt anrufen, wenn es mir so geht, dass ich

vor lauter Angst nicht einmal mehr weiß, wie ich heiße. Tja, dein Handy liegt bei mir.

Sehe, wir haben eine Woche vor deinem Tod noch telefoniert, du warst gerade am Pokern, ich erinner mich. Ja, ich vermiss dich und manchmal bin ich auch wirklich wütend auf dich und auf mich.
Hätt ich, wär ich ...
Hätt die Oma 5 Radeln g'habt, wärs' a Autobus g'wesen, und hör auf dem Bären das Fell abzuziehen, bevor du ihn erlegt hast…

Hab' ich dann immer gehört und ja, auch damit hast du recht. Deine größte Angst im Leben: Was ist, wenn ich einmal nicht mehr bin? Finden die Kinder dann wieder zu einander hin?
Ja, und das bevor du noch gestorben bist, unser Geschenk an dich! Nun zieh beruhigt fort, verdient hast du es dir! Vier Herzensmenschen ins Leben gesetzt, dieser Weg ist mit dir besetzt. Aufreibend ist es hier oft gewesen, gönn dir ein bisserl Frieden und Lieben! ~~(Viele Momente mit dir währen ewig! Der Tod nur eine andere Ebene ist.)~~